Collana

Fantasy e Fantascienza

- 2 -

Cosimo La Gioia

A scuola di universi

Terebinto Edizioni

*con il contributo
della Regione Campania*

Revisione del testo a cura di

Lorena Caccamo
Facebook: LoreCa Servizi Editoriali
email: loreservizieditoriali@gmail.com

Indice

Prefazione

- *Un universo o un multiverso?*

Un solo universo, tanti universi o infiniti universi? Cosmologi, astrofisici, scienziati di altre discipline e persone interessate a questi interrogativi primordiali se lo domandano dal 1957, ovvero da quando il concetto di *multiverso* fu proposto per la prima volta in maniera rigorosa da Hugh Everett III, con la sua *interpretazione a molti mondi* della meccanica quantistica.

L'ipotesi del multiverso, che prevede l'esistenza di molteplici o infiniti universi al di fuori dello spazio-tempo del nostro universo, è una possibile conseguenza anche di altre teorie scientifiche, successive a quella di Everett, quali la *teoria delle stringhe* e la *teoria delle bolle* o *dell'inflazione caotica*.

È intimamente legata alla ricerca del *principio primo*, *l'archè*, ovvero la causa prima, unica ed eterna, dalla quale derivano tutte le cose esistenti. Più precisamente, l'ipotesi del multiverso può essere inserita nell'ambito della ricerca del *principio primo* di tutto l'esistente in moderna chiave scientifica.

- *Il principio primo dei filosofi presocratici*

Agli albori della filosofia, applicando le leggi della logica, i pensatori presocratici diedero le prime risposte alla domanda su quale fosse la causa e materia prima del mondo.

Per Talete di Mileto l'elemento primigenio, capace di assumere tutte le forme della materia, era l'acqua.

Il suo allievo Anassimandro postulò che fosse l'indefinito (*Apeiron*) la fonte di tutte le cose, giungendo a un notevole livello di astrazione concettuale.

Il terzo filosofo della scuola di Mileto, Anassimene, puntò invece sull'aria, che – estendendosi all'infinito ed essendo onnipresente – ha le caratteristiche ideali per essere la materia da cui tutto deriva.

Per Eraclito, invece, la ur-materia era il fuoco, che è eterno e potrebbe essere assimilato al concetto di divinità creatrice del mondo.

Empedocle combinò le idee di alcuni dei suoi predecessori e ci aggiunse del suo, ipotizzando che la ur-materia comprendesse i quattro elementi: aria, acqua, fuoco e terra. In più, introdusse anche una prima idea sulle forze, supponendo che amore e discordia fossero responsabili di attrazione e repulsione.

- *Il motore immobile di Aristotele*

Compiamo un salto fino ad Aristotele, il più grande filosofo dell'antichità, che influenzò il pensiero umano successivo per circa due millenni. Aristotele introduce nella Metafisica il concetto di *motore immobile* o *primo motore*, ovvero la causa prima o *incausata*. Nel divenire dell'Universo, ogni oggetto è mosso da un altro, questo a sua volta da un altro e così via a ritroso. Alla fine di questa catena di cause ed effetti deve esistere un motore immobile, da cui derivi il movimento iniziale ma che non sia mosso da null'altro: una fonte originaria del moto priva di moto. Il motore immobile è concepito come sostanza immateriale, immutabile ed eterna, e come atto. Questo atto puro, pensiero di pensiero, è Dio, ma non il Dio delle religioni monoteiste, che è Dio persona.

Tra l'altro Aristotele sembra avere una concezione politeista: riconosce infatti 55 dei.

• *Il Dio persona delle religioni monoteiste*

Pur con significative differenze teologiche, l'Ebraismo, il Cristianesimo e l'Islam affermano l'esistenza di un Dio trascendente, onnisciente e onnipotente e, soprattutto, dotato di coscienza e di volontà: un *Dio persona* dunque. È Dio il principio primo della realtà, al di là del tempo e dello spazio.

La scienza spinge sempre più al di là i limiti della conoscenza umana: partendo da un universo con un'età di alcune migliaia di anni e con la Terra al suo centro, si è arrivati a un universo con un'età di circa 13,8 miliardi di anni e nel quale la Terra si trova in una posizione qualsiasi; dalla creazione diretta della specie umana da parte di Dio nelle figure di Adamo ed Eva si è giunti all'evoluzione delle specie fino all'*homo sapiens*; da un universo coincidente con la Via Lattea fino agli anni Venti del secolo scorso, si è giunti a un universo con un numero stimabile di galassie pari a 2000 miliardi (!) e un'estensione la cui parte osservabile ha un diametro di 93 miliardi di anni luce, ovvero quasi 900.000 miliardi di miliardi di km (!); infine, come già riportato all'inizio, potrebbe essere che il nostro sia solo uno di tanti o infiniti universi del multiverso.

Per un credente interessato agli sviluppi della scienza, tuttavia, questi spostamenti dei confini della realtà fisica fino a limiti quasi inconcepibili non costituiscono un problema per la propria fede. Egli in fondo applica la stessa linea di ragionamento di S. Tommaso D'Aquino in una delle sue cinque vie per dimostrare l'esistenza di Dio, ispirata dal pensiero aristotelico: ogni effetto deriva necessariamente da una causa; nella catena di cause ed effetti che è la realtà, ci deve dunque essere al vertice una causa prima, incausata, che è Dio. Poco importa se Dio non ha creato l'universo in sette giorni bensì attraverso un *Big Bang* in un tempo remoto. E poco importa anche se di universi non ce n'è uno solo bensì una pluralità: Dio

è all'origine del *vuoto quantistico* nel quale
si possono verificare le *fluttuazioni quantistiche* che danno origine a ciascun universo.
Il vuoto quantistico non è il *nulla*, è invece
il fecondo sottostrato della realtà: l'universo
non è dunque nato dal nulla.

- *Un solo universo, una pluralità di universi o infiniti universi?*

Come premessa è necessario specificare
che per molti scienziati l'ipotesi del multiverso non è una teoria scientifica vera e propria,
quanto piuttosto una questione filosofica o ai
confini della scienza. Non è infatti un'ipotesi
falsificabile da dati o evidenze sperimentali
e, dunque, non rispetta il criterio definito
dal filosofo ed epistemologo contemporaneo
Karl Popper. In altre parole, non è dimo-
strabile con esperimenti e osservazioni che
si tratti di un'ipotesi o teoria non vera e può
darsi che non lo sarà mai.

Riguardo alla domanda di questo pa-
ragrafo, le prime due alternative, un solo
universo o una pluralità finita di universi,
appaiono entrambe possibili a priori, sebbene propendere per l'una o per l'altra non

possa essere un'affermazione propriamente scientifica, non essendo falsificabile.

Ormai ci siamo abituati all'incommensurabilmente grande – i 93 miliardi di anni luce del diametro della parte osservabile del nostro universo – e supporre che al di là dello spazio-tempo del nostro universo ce ne sia qualcun altro, con costanti fisiche uguali o differenti, ci fa rimanere nell'ambito di una vastità incommensurabile pur se maggiore di uno o più ordini di grandezza.

L'ipotesi più estrema che ci siano infiniti universi conduce al contrario a conclusioni che paiono assurde. Bisogna infatti prendere in considerazione *la potenza dell'infinito*: se esistono infiniti universi, in questo stesso momento esistono altri universi nei quali ciascuno di noi è presidente del consiglio in Italia, cancelliere in Germania, dittatore di qualche regime autoritario e così via; e non solo alcuni, bensì infiniti. Come venne dimostrato dal matematico Georg Cantor, esistono infatti infiniti più *potenti*, ovvero più numerosi di altri: ad esempio i numeri reali sono più numerosi dei numeri naturali. Allo stesso modo l'ipotetico numero infinito di universi conterrebbe un infinito meno numeroso di universi nei quali io sono il presidente del consiglio in Italia. Questa conclusione mi sembra francamente assurda e mi fa dedurre che l'esistenza di un numero infinito di universi sia del tutto inverosimile.

- *Qual è il principio primo: le leggi eterne della natura o Dio?*

L'esistenza o la non esistenza di Dio non potranno mai essere dimostrate attraverso la scienza, a meno che Dio non decida una volta di palesarsi all'umanità con un segno inequivocabile, evento che appare estremamente improbabile. In base al livello raggiunto dal pensiero umano e dalla scienza nel XXI secolo, ci sono a mio avviso due sole possibilità:

1. L'origine della realtà, che sia un solo universo o un multiverso con un numero finito di universi, è un Dio persona, come concepito dalle religioni monoteiste.

2. L'origine della realtà è da identificarsi con una o più leggi fondamentali della natura, da cui tutto è derivato: una o più forze, energia (a cui la materia è equivalente),

forse informazione. In ogni caso entità non coscienti e non dotate di volontà.

Per la prima ipotesi propendono i credenti delle religioni monoteiste, nonché i teisti; per la seconda gli atei. Gli agnostici non prendono posizione né per l'una né per l'altra o non sono interessati alla questione: sono molto più numerosi degli atei, anche se talvolta si definiscono atei in maniera impropria, in quanto non credono a nessuna delle religioni rivelate né seguono il teismo.

* *In conclusione: perché A scuola di universi?*

La domanda di fondo alla base del racconto ha affascinato e sempre affascina tanti uomini e donne, accomunando religione, filosofia e scienza. È la domanda alla quale hanno provato a dare risposta le più brillanti menti filosofiche e scientifiche così come le religioni: *qual è l'origine dell'universo?* L'ipotesi che ho formulato non è, manco a dirlo, un'ipotesi scientifica, in quanto non è falsificabile: ci muoviamo sul piano della fantascienza, sebbene non tanto una fantascienza d'azione quanto piuttosto una fantascienza *filosofica*, almeno nell'intenzione.

Concetti e dati sparsi nel testo riguardo all'origine e all'evoluzione dell'universo sono tuttavia in accordo con le più recenti conoscenze scientifiche.

Il racconto affronta anche il problema dell'esistenza del male nel mondo, a cui uomini e donne cercano di dare una risposta fin dalla notte dei tempi. I passaggi nei quali vengono dibattute la sofferenza e l'eccessiva capacità umana di fare del male rappresentano i momenti di maggiore drammaticità del racconto.

A SCUOLA DI UNIVERSI

Prologo

Il momento cruciale, forse il più importante della sua vita, si stava avvicinando e lui sentiva l'eccitazione montargli nell'animo: quanto studio, quanto lavoro aveva alle spalle! In quel progetto aveva infuso tutta la creatività di cui era capace, aveva curato ogni minimo dettaglio con una pazienza certosina e sperava di aver ottenuto un risultato eccellente. La sua opera sarebbe stata valutata presto: si doveva preparare al meglio per cercare di anticipare le domande che gli sarebbero state fatte. Non era tuttavia una cosa facile, essendo troppe le variabili in gioco e troppi i punti di vista da prendere in considerazione. La commissione d'esame era composta da cinque professori e solo la sua relatrice gli era nota. Gli altri quattro sarebbero stati scelti fra decine di docenti dalle personalità e dalle specializzazioni differenti.

Per resistere meglio alla pressione crescente a cui si sentiva sottoposto, aveva bisogno di alcuni momenti di distensione e non poteva trascorrerli altrimenti che con la sua compagna. L'aveva conosciuta già molto tempo prima, ma solo da poco il loro rapporto era mutato in un legame affettivo stabile. Anche lei studiava, una materia ben diversa dalla sua, ed era un po' più giovane di lui. Lo apprezzava, comprendeva la passione non comune che lui aveva versato nella sua opera e amava ascoltarlo quando ne parlava, usando un linguaggio semplificato adatto ai profani, senza troppi dettagli tecnici.

Potendola incontrare solo di tanto in tanto, a causa del pochissimo tempo libero che gli restava, cominciò a chiamarla regolarmente. Ogni loro dialogo scorreva fitto e intenso e quelle brevi pause gli facevano un gran bene.

Una volta, ebbe un incontro con due compagni di studi, suoi amici, per uno scambio sulle grandi linee dei rispettivi progetti. Lungi dal renderlo più ottimista, quella discussione lo gettò in preda ai dubbi: loro si erano mantenuti su sentieri già battuti ed esplorati, mentre lui aveva preferito intraprendere una via decisamente originale. Quella sua scelta, che reputava intrisa di creatività, avrebbe potuto costituire un fattore a suo vantaggio; ma avrebbe anche potuto squalificare il suo progetto nel giudizio della commissione, soprattutto se ne avessero fatto parte uno o più professori tradizionalisti. Si sarebbero concentrati sui punti deboli, inevitabili data l'innovatività del suo lavoro, l'avrebbero tempestato di domande critiche e, probabilmente, messo in difficoltà. Sapeva di essere dotato, ma come avrebbe potuto tenere testa ai professori della sua università, una delle migliori in assoluto, se quelli avessero assunto un atteggiamento negativo?

Da quel momento gli fu più difficile riuscire a rilassarsi quando si staccava dallo studio. E meno male che c'era la sua compagna ad ascoltarlo. Fu lei a suggerirgli di rivolgersi a una specialista di tecniche di rilassamento mentale, che godeva di una solida reputazione e annoverava tra i suoi clienti anche nomi illustri.

Si fece convincere e fu un'ottima decisione: le sedute gli regalarono una certa dose di tranquillità. Fu tuttavia solo una calma effimera, perché ebbe uno shock quando apprese la composizione della commissione d'esame: il presidente sarebbe stato il più arcigno e ostico professore di tutto il corpo docente! Degli altri quattro: una era la sua relatrice, con cui aveva un buon rapporto; la seconda una professoressa relativamente giovane, che godeva di una reputazione abbastanza neutrale; il terzo un professore di cui non sapeva molto, anch'egli comunque dalla reputazione neutrale; e l'ultimo un altro osso duro.

Non v'era alcun dubbio che la linea della discussione l'avrebbe dettata il presidente, dall'alto della sua autorità: era anche il vice preside della facoltà. Aveva acquisito una pessima fama tra gli studenti per la maniera con cui metteva in difficoltà i laureandi, indagava per comprendere i loro punti deboli, li tempestava di domande insolite mantenendo di norma un tono austero, talvolta trattandoli con sufficienza. Con lui in commissione il voto finale era destinato ad abbassarsi significativamente. Molti studenti poi avevano visto la propria tesi bocciata ed erano stati costretti a svilupparne una nuova. Alcuni di loro avevano persino abbandonato l'università, fatto molto grave, essendo arrivati così vicini alla meta.

Perché, si chiese, era stato così sfortunato? Avrebbe potuto contare solo su una professoressa *amica*. In realtà non doveva essere stata solo sfortuna, la scelta della commissione non avveniva per sorteggio. Si doveva essere sparsa la voce nel corpo docente che la sua tesi era molto originale, e il terrore degli studenti doveva aver voluto esserci per conoscere da vicino il suo lavoro e smontarlo pezzo per pezzo se non gli fosse andato a genio. Cominciò a temere di non farcela o, nella migliore delle ipotesi, di riuscire ma con un voto insoddisfacente.

Alla vigilia dell'esame, avendo un gran bisogno di incoraggiamento, chiamò prima i genitori, poi la compagna. Lei sarebbe stata presente alla discussione della tesi, tra il piccolo pubblico che era permesso. A lui avrebbe fatto bene sentire la sua presenza nei momenti di difficoltà.

L'esame

Ecco, il momento decisivo era arrivato: il presidente stava aprendo l'esame con le formule di rito introduttive. Lo fece emanando nell'ambiente una forte carica di severità, che intimorì subito il giovane esaminando. Anche nella conclusione usò un tono pungente: – Adesso siamo pronti ad ascoltarla. Ci spieghi dunque le ragioni della scelta dei parametri principali.

Lui ebbe il primo attimo d'esitazione, sapendo che non sarebbe stato l'ultimo. Iniziò: – Ho fissato a priori uno spazio a tre dimensioni, in quanto tre è il numero minimo per poter ottenere uno spazio significativo. So che in passato alcuni laureandi hanno costruito i loro mondi su due dimensioni spaziali, ma non condivido questa scelta, per me troppo limitativa. E, al contrario, considero un numero di dimensioni da quattro a sei eccessivo, in quanto introduce gradi di ridondanza superflui, che non permettono un arricchimento significativo delle potenzialità fenomenologiche.

Intervenne la sua relatrice: – La scelta di uno spazio tridimensionale è comprensibile, come lei dice. Molti altri hanno percorso questa strada in passato. Tuttavia, quanto alla ricchezza fenomenologica, non dimentichi che, se è vero che voi studenti non avete i mezzi per andare oltre le sei dimensioni, i più abili costruttori raggiungono le sette dimensioni e a quel punto le possibilità creative sono più vaste.

– La ringrazio per la precisazione, professoressa. Sì, in effetti mi riferivo ai mondi alla portata di noi studenti. Quanto all'unica dimensione temporale, non c'è invece molto da dire: nel mondo da me creato vige il rapporto di causa ed effetto, così come nel nostro mondo.

– Sia più preciso, faccia la debita distinzione tra i termini *universo* e *mondo*, per cortesia – lo interruppe il presidente.

– Sì, mi scusi.

– Ci può spiegare perché ha deciso di creare un universo di energia e di materia, invece di mantenersi nell'ambito dell'energia, come fanno quasi tutti?

– Ritengo che la co-presenza di quella forma coagulata di energia che è la materia permetta la massima potenzialità fenomenologica nell'ambito di uno spazio tridimensionale. Credo che i risultati da me ottenuti superino quanto a diversità fenomenologica quella di molti universi a quattro, cinque o sei dimensioni spaziali riempiti solamente di energia.

– Su questo punto ritorneremo in seguito, glielo posso assicurare – lo avvertì il presidente con un tono particolarmente severo. – Adesso ci descriva come ha dato origine alla sua opera.

– Per prima cosa c'era da scegliere tra uno spazio stazionario in cui disporre gli elementi costitutivi, oppure uno spazio in espansione da una singolarità iniziale o, a rigor di logica, in oscillazione tra fasi di espansione e di contrazione. Com'è noto, quest'ultima possibilità è prettamente teorica e non è mai stata utilizzata per progetti di tali dimensioni. Lo stato stazionario dello spazio è la via più seguita, essendo la più semplice da gestire. Ma anche in questo caso mi sono indirizzato verso la forma più difficile, l'espansione da una singolarità iniziale, in seguito a un *Big Bang*, perché essa include molti gradi di libertà in più e permette una potenzialità fenomenologica più vasta, perlomeno a livello macroscopico.

– Lei sembra aver avuto come principio cardine del suo lavoro la massimizzazione della varietà fenomenologica. Le faccio tuttavia osservare che un'eccessiva varietà comporta anche un aumento delle instabilità del sistema, com'è confermato empiricamente da tutti gli studi. Questo non è proprio quanto si richiede a un lavoro sobrio e ben riuscito.

Quantum$^{2350}e^7$(121) fece una breve pausa fissando la sua attenzione contemporaneamente su ciascuno dei presenti, a sottolineare la sua autorità. Poi riprese: – E come ha progettato la singolarità iniziale, *Quantum$^{2350}e^{10}$(19)*?

– Da un lato doveva contenere una quantità sufficiente di energia per mettere in moto il processo di creazione del mio universo e per sostenere una sua espansione indefinita. Dall'altro lato la quantità di energia non poteva essere troppo elevata per non provocare un livello di instabilità eccessivo, che avrebbe inibito uno sviluppo col grado di ordine desiderato. Come vede, professore, ho preso in considerazione il problema dell'instabilità sin dall'inizio.

Tirando fuori ogni *quanto* del suo coraggio, si era rivolto per la prima volta in modo diretto al severo docente, cosa che molto raramente gli studenti osavano fare con lui.

– Era un corridoio piuttosto stretto e ho dedicato del tempo all'inizio del mio studio per determinarne i limiti inferiore e superiore: i calcoli necessari non erano mai stati eseguiti prima in questa forma. Alla fine sono giunto alla conclusione che bisognava immettere costantemente nel sistema una quantità di energia addizionale, perché l'energia iniziale non sarebbe bastata a sostenere l'espansione indefinita dell'universo. Come ho già detto, si doveva necessariamente evitare che si mettesse in atto una successione di fasi di espansione e di compressione, che è anch'essa una forma d'instabilità, di quelle più gravi.

– Ma allora lei ha violato una delle regole fondamentali nella creazione degli universi: lo sa bene che bisogna fissare quantità, principi e leggi una volta per tutte all'inizio e che poi ogni universo deve evolversi da solo, in maniera indipendente da un qualunque intervento successivo del suo creatore. Non vogliamo mica un teatrino per bambini, il cui operatore tende le fila dello spettacolo e nel quale elementi e personaggi non hanno alcuna autonomia, essendo semplicemente degli oggetti che si muovono a comando. Che cosa significa, dunque, immettere costantemente nel sistema un'energia addizionale? È lei che la introduce? Non è possibile, in tal caso la sua tesi è da squalificare subito e chiudiamo qui la discussione. Era intervenuto il professor *Quantum$^{2350}e^8$(257)*, quello dalla reputazione neutrale.

Il presidente, *Quantum(121)*, rincarò la dose: – Possibile che lei non rispetti un principio capitale, che viene insegnato già nel primo ciclo di studi di ingegneria *universologica*? Quella che lei definisce creatività è solo anarchia e con l'anarchia non si va lontano!

Quanta$^{2350}e^{10}$(332) trasalì: l'esame si stava mettendo male per il suo compagno? Così presto? Com'era possibile? Ci aveva infuso tanto entusiasmo e dedizione!

Quantum(19) percepì distintamente la forte emozione che si era diffusa in lei. Sapeva cosa rispondere, ma attese un istante per formulare la risposta nel modo più convincente possibile.

Si rivolse a *Quantum(257)*: – Certo professore, lei fa bene a ricordare questo principio chiave. No, è ovvio che non sono io a immettere continuamente energia nel sistema tramite un generatore. L'energia addizionale di cui il mio universo ha bisogno per continuare a espandersi era già inglobata nella singolarità iniziale e si è manifestata in una forma tutta particolare sin dai primissimi istanti di dilatazione inflattiva. Nella prima fase dell'evoluzione dell'universo essa ha contrastato la più debole delle quattro forze fondamentali che lo governano, la *gravità*, che agisce sulla materia, impedendo che l'espansione si mutasse in contrazione. Da un certo punto in poi, essendosi la densità della materia ridotta al di sotto di una determinata soglia, l'espansione dell'universo ha cominciato ad accelerare. E così continuerà la sua evoluzione fino a un multiplo dell'età attuale.

– Adesso è stato più chiaro, *Quantum(19)* – commentò *Quantum(257)*. – Mi consenta un'osservazione, tuttavia: un'espansione che accelera a causa di una forma speciale d'energia è uno schema inusuale per i nostri parametri. Immagino poi che per le creature coscienti e intelligenti che popolano il suo universo debba essere del tutto contro-intuitiva. I loro scienziati impazzirebbero a farsene una ragione e a spiegare la natura di questa energia.

– È esatto, professore. In effetti le creature più interessanti dell'universo hanno appena scoperto il fenomeno e l'hanno attribuito a una forma d'energia per loro misteriosa, che hanno denominato *energia oscura*. Ci vorrà molto tempo prima che ne comprendano la vera natura, ammesso che ci riescano – fece una breve pausa. – Adesso, dopo quest'anticipazione, vorrei tornare ai primi istanti di vita della mia opera.

– Fa bene, *Quantum(19)*, fa bene. Non divaghi per favore – intervenne col solito tono rude il presidente della commissione.

– Dunque, nei primissimi istanti sono emerse le quattro forze fondamentali che agiscono nel mio universo. In base ai miei calcoli quattro era il numero minimo per poter ottenere la ricchezza fenomenologica da me ricercata. Estremamente delicato è stato determinare il valore esatto di ciascuna, affinché l'universo si potesse poi evolvere in modo significativo: per rendere possibili le molteplici forme della materia che si sono poi generate nel corso del tempo, i valori delle tre forze maggiori, l'*interazione forte*, l'*interazione debole* e la *forza elettromagnetica*, possono variare solo all'interno di intervalli molto ristretti. Sempre nei primissimi istanti, ma successivamente alla separazione delle quattro forze, è comparsa la materia, dapprima con le particelle che potevano esistere a concentrazioni altissime d'energia, e subito dopo con le particelle e con le loro aggregazioni che sono i principali costituenti dell'universo e lo saranno fino alla sua fine.

Intervenne *Quantum*$^{2350}e^{7}$*(203)*, l'altro professore con la fama di essere difficile: – Abbiamo letto nella sua tesi del lavoro di calibrazione certosina da lei compiuto. Mi chiedo tuttavia se un tale livello di complicazione fosse veramente necessario: valuteremo attentamente la cosa. Adesso passiamo alle fasi evolutive successive. Ci menzioni i punti salienti, per favore.

– Faccio solo una breve premessa prima di continuare. Ho già introdotto la terminologia usata dalla specie di esseri intelligenti di cui ho detto prima per indicare le quattro forze fondamentali. L'ho adottata in toto nella mia tesi, perché mi è sembrata una valida convenzione. Anche per quel che riguarda la scala temporale impiego le loro unità di misura, *secondi, ore, giorni, anni,* che sono più fini delle nostre di innumerevoli ordini di grandezza. Teniamo presente che la nostra vita ha una durata di 256 unità standard e che una sola unità standard è un intervallo di tempo più che doppio rispetto alla durata dell'universo fino a questo momento.

Quantum(121) lo interruppe: – Di nuovo, *Quantum(19)*, di nuovo! Lei fa qualcosa di incomprensibile. Che senso ha utilizzare la terminologia e le unità di misura delle sue creature? Non c'è mai stato un approccio simile prima d'ora.

Quanta^{2350}e^7(960), la relatrice, sembrò suggerire una risposta all'esaminando: – Ha scelto forse questo approccio così inusuale per calarsi più profondamente nel mondo delle sue creature?

– Sì, è così, professoressa. Per comprendere al meglio la psicologia di quegli esseri ho cercato di immedesimarmi in loro sotto più aspetti. E la scala temporale adoperata rappresenta un elemento essenziale per una specie.

– Una forma d'empatia estrema del creatore nei confronti delle sue creature – osservò con sarcasmo *Quantum(121)*.

Quantum(19) lasciò scivolare la battuta su di sé per smorzarne l'effetto e riprese la sua dissertazione: – Le fasi salienti, dunque: siamo ancora agli inizi, ha luogo la *nucleosintesi*, ovvero la formazione dei nuclei atomici più leggeri dal legame di protoni e neutroni. Per un periodo di circa 380.000 anni l'universo rimane opaco, come una fitta nebbia, poi *la luce fu*, divenne trasparente.

– *La luce fu?* Lei non sta adoperando un linguaggio scientifico, *Quantum(19)* – lo stuzzicò il presidente.

– Sì, è un'espressione di origine religiosa che usano le creature intelligenti in certe occasioni.

– Vede che il suo approccio empatico le fa perdere il rigore che sarebbe necessario!?

Quantum(19) sembrò accusare il colpo per un attimo ma poi riprese il passo giusto: – Trascorse alcune centinaia di milioni di anni, cominciarono a formarsi le prime *stelle* e i primi sistemi di stelle, detti *galassie*.

Poi via via si formarono gli ammassi e i super-ammassi di galassie, finché, intorno a un miliardo di anni dopo il principio, l'universo assunse l'aspetto attuale. Adesso ha superato di poco i 13,8 miliardi di anni.

– E per il futuro cosa prevede? – chiese *Quantum(203)*.

– Come ho già detto, l'espansione dell'universo sta già accelerando e continuerà ancora a lungo. Ma il momento decisivo avverrà molto prima: la morte dell'ultima stella. L'universo tornerà così a oscurarsi e sarà dominato dalla presenza dei *buchi neri*, le strutture di materia più estreme.

– *Morte dell'ultima stella*: lei continua a utilizzare un linguaggio colorito – osservò *Quantum(121)*. – Ma ci dica adesso delle forme di vita che sono nate nel suo universo.

Quantum(19) sembrò reagire all'ennesima provocazione del presidente con un accenno di contro-provocazione: – La ringrazio, presidente, per aver introdotto il tema della vita, che è stato il faro illuminante delle mie scelte, ancor più dell'accrescimento della varietà fenomenologica. Perché, se è vero che sono possibili degli ottimi risultati estetici anche in universi privi di forme viventi, è incontrovertibile che un universo in cui la vita sia presente è molto più significativo...

– Cosa intende per più significativo, *Quantum(19)*?

– Più ricco, carico di significato.

– Belle parole – intervenne per la prima volta *Quanta$^{2350}e^9$(6)*, la professoressa più giovane.

Quantum(19) accolse con piacere l'apprezzamento della docente: forse poteva considerare anche lei come una professoressa *amica*. Ripartì con un tono sicuro: – Ho già detto di come sia stato complesso determinare il livello dell'energia iniziale dell'universo così come i valori delle quattro forze fondamentali che lo reggono. Ma la massima difficoltà è stata tarare tutti gli innumerevoli parametri affinché la vita sorgesse con certezza, non solo come probabilità. Alla fine ho concepito un elemento chimico chiave, il *carbonio*, talmente predisposto a legarsi con altri elementi e anche con se stesso da generare un gran numero di composti, che sono la base della vita.

– Sì, ma a parte questa chimica, quante e quali forme di vita sono nate nel suo universo?

– In realtà non molte, se si considerano
i miliardi di galassie con miliardi di stelle
che compongono l'universo. Ci sono forme
di base in diverse migliaia di *pianeti*, agglo-
merati praticamente sferici di materia che
girano intorno a una stella. Ma le specie intelligenti, nel senso che hanno sviluppato un
livello di intelligenza sufficiente a studiare
quello che è il loro universo, sono solo una
decina, per l'esattezza undici.

– E perché ha progettato che nascesse-
ro così poche specie intelligenti? – chiese il
presidente con un tono scettico.

– Perché volevo essere sicuro che non si
potessero mai incontrare, a causa di un limite fisico intrinseco al quale è soggetta la
materia, che non può viaggiare a una velocità
superiore a quella della luce.

– Come, ha paura che delle specie intelligenti si incontrino? Non ha fiducia nelle sue
creature? È sicuro di poterle definire intelligenti? – incalzò il presidente.

– Non volevo correre alcun rischio. Il fatto
è... che tutte le specie viventi del mio universo si sviluppano per evoluzione...

– E cosa c'è di straordinario in questo?
Tutte le specie viventi di tutti gli universi

si evolvono nel tempo. Questo vale anche per noi, sebbene su scale temporali ben differenti rispetto alle specie degli universi da tesi – intervenne *Quantum(203)*.

– Sì, ma nel mio universo l'evoluzione avviene per selezione naturale. Significa che col tempo sopravvivono solo le specie avvantaggiate nella lotta per la vita.

– Lotta fra specie? Lei ne ha fatto un principio del suo universo? Ma si rende conto di aver intrapreso una via estrema, che nessun altro ha mai seguito prima? – lo redarguì *Quantum(121)*.

Gli fece subito eco l'altro professore ostico: – Il presidente ha ragione, *Quantum(19)*. Continuo a chiedermi se lei non abbia superato i limiti del lecito, in questa sua tesi così al di fuori della norma.

Quantum(19) accusò il colpo. Attese invano un appoggio da parte della relatrice, ma si rese conto di come anche lei lo stesse osservando con un piglio teso. L'unica fra i docenti a mantenere un atteggiamento neutrale in quei momenti fu la professoressa giovane. L'impulso necessario per ripartire glielo diede la sua compagna, inviandogli un segnale esclusivo di incoraggiamento. Rifletté ancora un istante e ricominciò ad argomentare da un punto di vista differente.

– In ciascuno degli undici pianeti abitati da esseri intelligenti ci sono milioni di specie diverse, di immensa varietà, e la varietà è ricchezza, è bellezza.

– Vedo proprio che le piace il linguaggio poetico. È sicuro che non avrebbe preferito studiare letteratura invece che ingegneria universologica? – gli chiese beffardo il presidente.

– Certo che sono sicuro della mia scelta, professore. Adoro la concretezza della scienza e al tempo stesso la creatività che mi consente questa specializzazione. E riguardo alla bellezza, lei, tutti voi dovreste dare un'occhiata allo splendore del più attraente fra tutti i pianeti: la *Terra*.

– Ci incuriosisce, *Quantum(19)*. Suvvia, allora, diriga il sensore olistico su questa *Terra* e ci dia le sue spiegazioni – fece *Quantum(203)*.

– La ringrazio, professore.

In pochi istanti il *Pianeta Blu* comparve alla percezione dei presenti.

– Eccola, la Terra: formatasi insieme al sistema solare di cui fa parte 9,2 miliardi di anni dal principio. Dopo poco più di un miliardo di anni comparvero le prime forme di vita. Ma è solo di recente, circa 300.000 anni fa, che vi è apparsa la specie intelligente detta *Homo sapiens*.

– Due sessi canonici o una combinazione più esotica? – chiese *Quantum(257)*.

– Come dice lei, professore, due generi sessuali, maschio e femmina.

– E in questo lasso di tempo infinitesimale, 300.000 anni, a che livello di sviluppo sono giunti questi esseri? – domandò *Quantum(121)*.

– Hanno già compreso molto sull'origine e sullo sviluppo del loro universo, con un'accelerazione considerevole nelle ultime decine di anni. Hanno datato il *Big Bang* quasi alla perfezione e stanno facendo delle ipotesi su quello che c'era prima, o meglio, al di là della singolarità iniziale. Naturalmente non potranno mai appurarlo con rigore scientifico, essendo confinati dentro il loro universo, che tuttavia appare quasi illimitato ai loro occhi.

– Occhi? – chiese la giovane professoressa *Quanta(6)*.

– Gli *esseri umani*, espressione comune con la quale si indicano gli individui di questa specie, percepiscono l'ambiente circostante tramite cinque sensi, e gli occhi sono organi del loro apparato visivo.

– Cinque sensi, addirittura, pur essendo *schiacciati* in uno spazio a sole tre dimensioni? Lei la chiama varietà, questa? – osservò sarcastico il presidente.

– Gli esseri del mio universo non sono esseri *quantistici* come lo siamo noi, professore. Alcune leggi quantistiche valgono soltanto su una scala microscopica rispetto alle loro dimensioni: sono una traccia del nostro mondo. Gli esseri umani non possono quindi disporre di un senso percettivo totale come lo abbiamo noi.

– Insomma, sono dotati di cinque sensi ma hanno seri deficit di percezione – ridacchiò il presidente.

Quantum(19) non rispose alla provocazione.

Il silenzio durò solo qualche attimo e venne rotto da *Quantum(257)*: – Ci dica qualcosa sulle ipotesi che questi esseri si stanno facendo riguardo a quello che c'è al di là del loro universo.

– Ci sono due piani. Da un lato, la narrativa, del genere fantascienza...

– Vogliamo scienza, non fantascienza, *Quantum(19)* – lo interruppe bruscamente *Quantum(121)*.

Lo studente fu sul punto di controbattere al presidente ma si fermò in tempo: era meglio evitare un battibecco inutile con quel terribile professore per una questione in fondo secondaria.

– Sul piano scientifico hanno appena ipotizzato che il loro sia solo uno degli universi di un'entità ben più grande, il *multiverso*, contenente un numero molto elevato o addirittura illimitato di universi. E hanno anche intuito che ogni universo nasce da una fluttuazione quantistica.

– Perspicaci, questi esseri, considerando i limiti fisici entro i quali sono racchiusi – commentò *Quanta(6)*.

– Grazie, professoressa. Credo si possa dire che è un risultato degno di nota della mia tesi. E hanno anche ipotizzato che tutto sia il frutto di creatori coscienti a un livello più alto, in grado di osservarli, sebbene gli sia chiaro che si tratti di un'ipotesi non verificabile. Ci hanno pienamente azzeccato, ma non potranno mai appurarlo con certezza, perché nessuno di noi si rivelerà mai a loro, come stabilito in una regola di base nella creazione di universi.

– Bene, vedo che lei è in grado di rispettare almeno qualche regola – disse con una punta di compiacimento *Quantum(203)*. – E hanno concepito, immagino, il concetto di Dio.

– Certo, professore. Fino a poco tempo fa sono rimasti fermi a una molteplicità di dei e avrebbero certamente scambiato noi stessi per dei, se gli si fossimo rivelati. Ma adesso gli sarebbe evidente che nessuno di noi può essere Dio, perché non siamo né onnipotenti né eterni, e nemmeno onniscienti, sebbene limitatamente al loro universo in un certo senso lo siamo.

– E come sono messi quanto a fantasia e immaginazione? – chiese *Quanta(6)*.

– Entrambe molto fervide, in alcuni casi a un livello eccezionale. Sarebbero persino in grado di immaginare che il nostro mondo non sia la realtà ultima e sia invece anch'esso una simulazione, pur se a un livello superiore.

– Questa è proprio bella – fecero in coro *Quantum(121)* e *Quantum(203)*.

– Evidentemente a questi esseri piacciono le fantasie puerili – sentenziò il presidente.

– Perché puerili, professore?

– *Quantum(19)*, rimanga serio, per favore. Lo sa anche lei, no, che il nostro mondo è definitivamente il livello ultimo della realtà. I nostri scienziati l'hanno provato in maniera definitiva.

– Senti, senti – esclamò in quel momento Iperuranium(10^{353}+3), rivolto a Iperurania(10^{353}+8). – Come sono al tempo stesso ingenue e presuntuose le nostre creature. Mi domando se non abbiamo fatto qualche errore di calcolo.

– Ma no, caro collega, al contrario. Abbiamo sigillato il loro universo alla perfezione e le creature l'hanno esplorato fino a ogni limite. Dal loro punto di vista è perfettamente chiuso e non può esserci nulla al di fuori. E poi vorrei vedere se anche noi fossimo così schiacciati, non tanto dalle nove dimensioni spaziali rispetto alle nostre ventisette, quanto piuttosto da quell'unica dimensione temporale.

– Hai ragione, Iperurania(+8): sono fortemente limitati dalla singola dimensione temporale che scorre in un solo senso e da quanto ne consegue, quell'incredibile coercizione del rapporto causa-effetto. Eppure

loro non ne soffrono e questo è un nostro grande successo.

– E sono stati in grado di creare degli esseri interessanti, capaci di concepire i livelli al di là del loro universo. Se ci pensi, è proprio un paradosso: le nostre creature non ne sono capaci, le creature delle nostre creature invece sì.

– Meno male che a noi non tocca fare congetture di questo genere, dal momento che abbiamo la matematica certezza di appartenere al livello ultimo della realtà.

– Ne sei proprio sicuro, caro collega?

Intervenne *Quanta(6)*: – Proporrei adesso di cambiare soggetto, tornando alle questioni di base. Ci può illustrare come avviene l'accoppiamento in questa specie? Com'è noto, è raro trovare modalità comuni tra le specie evolute di universi differenti.

– La ringrazio, professoressa, per la sua domanda. In effetti ritengo che la maniera di accoppiarsi degli esseri umani sia piuttosto originale. Datemi qualche istante per inquadrare con il sensore una coppia di adulti nell'atto dell'accoppiamento... mmh, no, questa no, hanno appena terminato... eccone invece una perfetta.

– Ci spieghi cosa stanno facendo.

– Ecco, vedete, intanto sono da soli, come accade quasi sempre. Gli esseri umani infatti provano *pudore*, un senso di riserbo per ciò che attiene alla sfera sessuale, sebbene ci siano delle eccezioni. Inoltre sono nudi, altra caratteristica abituale. Nell'atto a cui stiamo assistendo, il maschio, l'*uomo*, sta sopra la femmina, la *donna*, ma potrebbe anche essere il contrario.

– Scusi, ma quando avviene la fusione tra i due? – chiese uno scettico presidente.

– Non si può verificare una vera fusione, professore. Gli esseri che popolano il mio universo non sono quantistici e dunque per loro vige il principio di mutua esclusione da uno stesso spazio, a maggior ragione poi essendo fatti di materia.

– Ma cosa dice, *Quantum(19)*?! Nei rari universi in cui compare la materia abbiamo già visto i corpi della femmina e del maschio fondersi letteralmente in un'unica entità durante il rapporto sessuale.

– Non è una *fusione* vera, come durante l'accoppiamento nella nostra specie. È solo un mescolamento di materia che dall'esterno può apparire come una fusione. Non è tuttavia possibile in tutti gli stati della materia, in particolare non allo stato *solido*.

– Vede che adesso è più preciso. Se non vi è alcuna fusione tra i due esseri, perlomeno ci sarà una qualche forma di compenetrazione, o nemmeno quella?

– Sì, professore, se osserva più in dettaglio le sarà chiaro come avviene la compenetrazione.

L'attenzione dei presenti si focalizzò sul movimento ritmico dei due corpi nel campo di percezione del sensore.

– E questo sarebbe un accoppiamento, *Quantum(19)*? – sbottò il presidente. – Un'appendice che si inserisce in un pertugio e vi ci scivola su e giù! Per forza che gli esseri umani provano vergogna e si isolano durante l'atto sessuale, che non ha nulla, ma proprio nulla, della grandiosità del nostro accoppiamento. Anzi, se lo lasci dire, è proprio ridicolo.

– Ci si deve mettere nella loro prospettiva: anche gli umani lo trovano piacevole e lo fanno molto più spesso di quanto lo facciamo noi.

– Ma vuole paragonare l'energia impegnata da una coppia della nostra specie per raggiungere la fusione, dando vita a uno spettacolo grandioso, con quella roba lì? Suvvia, *Quantum(19)*.

Intervenne in quel momento la relatrice *Quanta(960)*: – Credo che abbiamo appreso abbastanza su una questione pur rilevante come l'accoppiamento. Proporrei quindi di passare ad altri aspetti della sua tesi ancora da approfondire.

– Giusto, esimia collega. Vorrei tornare a quella lotta per la vita tra specie diverse di cui ha parlato prima, *Quantum(19)*. Ci dica qualcosa di più per favore – domandò *Quantum(203)*.

Lo studente esitò un attimo, avendo percepito la possibile intenzione del professore di metterlo in trappola: – Come ogni pianeta, la Terra occupa uno spazio limitato e non può dunque ospitare un numero infinito di creature.

– Nemmeno il nostro mondo è infinito, ma da tempo immemorabile la nostra specie ha raggiunto un equilibrio stabile: nel corso della propria vita, ogni individuo genera invariabilmente una piccola Quanta e un piccolo Quantum con il proprio partner – osservò *Quantum(203)*.

– Sulla Terra un equilibrio di questo tipo
non è possibile, perché ci sono milioni di
specie diverse in competizione tra loro, anche se la maggior parte sono forme primitive. E quando un individuo di una specie
incontra un individuo di una specie diversa,
spesso l'esito è l'eliminazione del più debole
da parte del più forte.

– È crudele, non le pare? – si inserì il presidente.

– Il fatto è che ogni organismo ha bisogno
di nutrirsi. E lo fa assumendo l'organismo
più debole.

– Come, le creature del suo universo non
si nutrono di energia? – chiese stupita *Quan-
ta(6)*.

– Solo quelle appartenenti al *regno ve-
getale*, le piante, lo fanno, in un certo senso, catturando l'energia del Sole, la stella al
cui sistema la Terra appartiene. Ma hanno
anche bisogno di acqua e di altre sostanze
che assorbono dal terreno. Le creature del
regno animale si nutrono o di piante o di
altri animali.

– E tra individui della stessa specie? – domandò ancora la giovane professoressa.

– Anche tra loro sono frequenti i combattimenti feroci, spesso mortali.

Quantum(19) percepì lo sconcerto proveniente in contemporanea da tutti i professori e anche dalla sua compagna e un brivido quantistico percorse il suo organismo.

– Di male in peggio – sentenziò il presidente, – quello che lei ha creato potrebbe definirsi non solo crudele, ma anche perverso.

– Immagino tuttavia che quella specie intelligente di cui va tanto fiero, gli esseri umani, siano sufficientemente evoluti da sapersi limitare alla competizione e al confronto, lasciando i barbari combattimenti alle specie più primitive di loro – intervenne *Quantum(203)*.

– No... non è così professore. Gli umani hanno portato le lotte tra simili al livello di guerre e hanno adoperato la loro intelligenza per sviluppare armi via via sempre più letali, fino a progettare delle vere e proprie armi di distruzione di massa.

– E le adoperano contro i propri simili? – chiese incredulo *Quantum(203)*.

– Sì, lo hanno fatto regolarmente in passato, gli succede ancora nel presente e non sono pronti a smettere nemmeno nel futuro prossimo.

A quelle parole, una sensazione di turbamento di un'intensità altissima si diffuse tra i presenti, ma a *Quantum(19)* fece male solo la reazione della compagna. Aveva veramente esagerato con la libertà che si era concesso nella sua creatività? Non rischiava adesso di mettere a rischio la loro relazione, a causa di quella sua opera così lontana dalle convenzioni e che doveva farle ribrezzo? Così concentrato com'era sulle sue preoccupazioni, ebbe bisogno di alcuni istanti prima di comprendere la criticità dell'intervento successivo del presidente.

– *Quantum(19)*, a questo punto non ci sono più dubbi: la commissione d'esame conferirà non solo per esprimere un giudizio sulla sua tesi, ma dovrà anche valutarne la squalifica per il mancato rispetto dei principi morali di base. Se lo faccia dire, nella mia lunga carriera mi è successo una volta sola di arrivare a questa misura estrema e ho il sentore che possa accadere di nuovo a causa sua. Ma prima di prendere una decisione così grave, vogliamo sentire cosa lei può aggiungere in sua difesa.

– Ecco... ecco...

– Non ha da dire nulla, dunque?

– Al contrario... ho tanto da dire. Ecco, è vero che gli umani sono capaci di nefandezze a noi inconcepibili e di dare *sofferenza fisica* ai propri simili...

– Ah, anche sofferenza fisica oltre a quella morale – lo interruppe il presidente.

– Sì, è una condizione di dolore propria degli esseri sviluppati che sono fatti di materia.

– Questa sua insistenza testarda sulla materia è stata la sua condanna, *Quantum(19)*. Se all'inizio dell'esame non potevamo esserne sicuri, adesso ci ha proprio tolto ogni dubbio.

– Ma professore, qual è la condizione peggiore: la sofferenza fisica o la sofferenza morale? Anche noi, nel nostro mondo a un altro livello, sappiamo bene cosa sia la sofferenza morale, e l'intensità della sofferenza che può colpire le creature del mio universo è solo uno specchio dell'intensità del dolore che può provare ogni individuo della nostra specie.

Quantum(121) rimase in silenzio, come interdetto, e *Quantum(19)* percepì un senso di sorpresa in tutti i presenti: erano rarissime le occasioni nelle quali qualcuno era in grado di controbattere al presidente con tanta energia. Continuò ad argomentare con una ritrovata sicurezza: – Ristabilita una prospettiva corretta su quanto di negativo caratterizza gli esseri umani, vorrei adesso concentrarmi su quanto al contrario hanno di buono. Sono capaci di cooperazione ed è anche grazie a questa qualità che agli albori della loro civiltà hanno prevalso su specie più forti di loro fisicamente.

– D'accordo, *Quantum(19)*, ma non vi è nulla di eccezionale in questo – obiettò *Quantum(203)*.

– Possono giungere a livelli di cooperazione intensi, che non credo siano eguagliati dalla maggior parte della specie di altri universi. E c'è di più: una qualità del loro carattere, sebbene la sappiano manifestare solo a tratti, è la generosità, quella autentica, gratuita.

– Di nuovo, non ne hanno certo l'esclusiva.

– Il punto è un altro, professore. Dovendo confrontarsi anche con il bisogno e la povertà estremi, per aiutarsi l'un l'altro sono capaci di atti di straordinaria generosità, fino ad arrivare all'altruismo puro.

Si inserì il presidente: – È una ben magra consolazione per chi soffre, non crede?

– Ma è al quadro globale che bisogna guardare. E poi anche gli esseri umani che soffrono, per privazione o per malattia, sono in grado di contemplare la meraviglia dell'esistenza. Perlomeno alcuni. E quasi tutti continuano a manifestare una forte sete di vita.

– Quasi tutti?

– Ci sono le eccezioni, alcuni mettono fine ai loro giorni anzitempo.

– Eviti i giri di parole, per cortesia!

– È un concetto sconosciuto per la nostra specie: si *suicidano*, ovvero si tolgono la vita.

Quantum(19) avvertì una reazione di sgomento nella platea, meno accesa tuttavia di quella occorsa poco prima.

La risposta del presidente non si fece attendere: – Anche questo... direi che abbiamo sentito abbastanza. *Quantum(19)*, adesso le spetta, come da prassi, di concludere la sua arringa difensiva.

Lo studente rimase in silenzio per gli attimi necessari a irrorare i suoi circuiti mentali con la potenza adeguata, poi i pensieri fuoriuscirono come un fiume in piena: – La bellezza; ho cercato di farmi guidare dalla bellezza e in molti aspetti credo di esserci riuscito. Il mio universo presenta una varietà sconfinata di manifestazioni dell'energia-materia. È affascinante sia che lo si osservi dal nostro livello di creatori, sia dal punto di vista delle creature intelligenti che lo popolano. E anche solo limitandosi al suo pianeta più emblematico, la Terra, la bellezza vi si dispiega in una varietà straordinaria di forme. Quanto agli esseri umani, da loro provengono e in loro si manifestano sofferenza e gioia, odio e amore, lotta e pace, egoismo e altruismo, così come molteplici altri contrasti. E il contrasto è bellezza in sé ma non solo: l'esistenza del male profondo permette anche l'esistenza del bene sublime, che è l'espressione più maestosa della bellezza. Ecco, gli esseri umani non sono sorti solamente a nostra *immagine e somiglianza*, capaci di amore, di intelligenza, di generare vita, ma in loro è possibile anche l'ascesa fino a vette eccelse di bellezza. E questa loro proprietà sovrasta tutto quello che di malvagio appare esserci nel mio universo.

Le parole gli erano sgorgate dal profondo dell'organo del moto energetico interno e le aveva espresse tingendole di struggente sentimento. Prima ancora che potesse chiedersi se era stato convincente, percepì un segnale di apprezzamento emanato dalla relatrice e subito dopo ricevette un messaggio esclusivo di plauso dalla compagna.

Il presidente decretò la fine della discussione, invitando lo studente e la sua compagna ad abbandonare lo spazio in cui sarebbe rimasta la commissione d'esame.

Quanti studenti terminali erano già passati per quel periodo di attesa! Ma per *Quantum(19)* la tensione era ancora più acuta, lui rischiava la squalifica, pur con tutto l'impegno e la fatica che aveva profuso nella sua tesi. La vicinanza di *Quanta(332)* gli fu solo di minimo beneficio. Davanti a lui si apriva uno di quei bivi decisivi per la vita: laureandosi bene avrebbe avuto tutte le porte aperte in diversi settori professionali, perché la sua specializzazione era molto richiesta, persino nell'ambito dell'intrattenimento raffinato. Ma al contrario, se fosse stato escluso dall'università col marchio infamante della squalifica, avrebbe dovuto accontentarsi al più di qualche impiego secondario dal gusto del tutto insipido per lui, e persino la relazione con la sua compagna avrebbe corso grossi rischi. Provò a utilizzare la tecnica di rilassamento mentale che più gli si confaceva, tra quelle apprese di recente, ma ogni tentativo fu vano. Avrebbe avuto bisogno di un farmaco depressore del livello di energia e in quel breve lasso di tempo era impossibile procurarselo, essendo necessaria la prescrizione di uno specialista. *Quanta(332)* cercò di incoraggiarlo, dicendogli che aveva una buona sensazione, ma alla fine fu lui a trasmettere a lei la sua agitazione.

La relatrice lo invitò a riunirsi con la commissione. Ancora pochi istanti e le parole del presidente avrebbero deciso il corso della sua vita. L'organo del moto energetico interno si mise a girare al massimo, tanto che riuscì persino a sentirlo.

Quantum(121) dosò il silenzio per dare solennità al pronunciamento a seguire, poi attaccò con studiata lentezza: – La commissione d'esame è pervenuta alle seguenti inappellabili deliberazioni – scrutò lo studente col suo senso percettivo. – Primo, la decisione sulla squalifica: con il risultato di 4 a 1, la proposta di squalifica della sua tesi viene...

Lo studente ebbe l'impressione che il suo organo interno accelerasse ancora, sebbene non fosse fisicamente possibile.

– ... rigettata.

Sollievo, sollievo allo stato puro. E sorpresa per il risultato nettissimo: era riuscito a convincerli quasi tutti, partendo da una situazione difficilissima. Non avrebbe mai potuto sapere chi aveva votato contro di lui, ma doveva essere stato il presidente, sebbene si potesse sospettare anche dell'ostico Quantum(203).

– Secondo, il voto finale assegnato alla sua tesi è...

Aveva bisogno almeno di 65/128, altrimenti avrebbe dovuto sviluppare una nuova tesi.

– ... 105/128.

105! Era un voto molto alto per una tesi in quell'illustre ed esigente ateneo. In un baleno sentì la gioia pervadere il suo essere.

– La proclamiamo dunque dottore in ingegneria universologica.

Seguì il rito delle congratulazioni da parte dei professori. La prima, come da prassi, fu la relatrice. Lo fece con particolare trasporto e non fu l'unica. Il presidente si congratulò per ultimo, con fare neutrale.

Il neo dottore si intrattenne in maniera informale con i professori per un po', finché questi non si congedarono. Era di nuovo solo con la compagna.

– Bravissimo, sei stato bravissimo. Hai percorso cammini originali e impervi, avresti potuto perdere tutto, ma alla fine sei stato premiato e te lo meritavi. Il tuo universo non è uno degli universi più giusti, anzi è profondamente ingiusto, ma è di una bellezza folgorante, anche per una profana come me.

Se ce l'ho fatta, il merito è anche tuo: mi sei stata vicina nei momenti difficili e mi hai dato equilibrio. Spero di poterti restituire almeno una frazione di quanto ho ricevuto da te, quando ne avrai bisogno.

– Non ci vorrà molto, mi mancano solo due esami e poi comincerò la mia tesi. Ma prima...

– Sì?

– Cosa ne pensi se...

Epilogo

Era trascorsa una frazione infinitesima di unità standard.

– Non mi sono mai sentito così in forma, tesoro – dichiarò *Quantum(19)*.

– Lo sento, che scoppi di energia.

– Siamo pronti allora?

– Sì, diffondiamo la notizia del nostro primo accoppiamento. Voglio avere un pubblico immenso.

I due futuri amanti emisero un annuncio congiunto, diretto a tutto il mondo.

– Cominciano ad arrivare. Ma abbiamo ancora un po' di tempo. Sono curiosa: senti, quegli esseri umani esistono ancora? Non si sono autodistrutti, vero?

– Certo, ci sono ancora, *Quanta(332)*. E hanno fatto progressi dall'ultima volta. Si sono resi conto che la Terra sarebbe stata per lunghissimo tempo l'unico pianeta a loro disposizione e hanno raggiunto un equilibrio, dopo essersi trovati più volte sull'orlo dell'abisso. Hanno imparato a controllare una sorgente di energia quasi illimitata dal loro punto di vista, la stessa che alimenta le stelle dell'universo. Così, sono riusciti a stabilizzare la composizione dell'atmosfera e la quantità di esseri viventi sulle terre e negli oceani e mari della Terra, elementi essenziali per la loro sopravvivenza. Hanno trovato un equilibrio anche riguardo alla popolazione totale, che non aumenta più, condizione che la nostra specie ha raggiunto da tempi immemorabili. E le guerre sono finalmente scomparse in ogni angolo del globo. Certo, rimangono frequenti gli atti di violenza, ma sono limitati a piccoli gruppi o ad azioni individuali. Questo non potrà mai cambiare, perché è una loro caratteristica innata, il loro *peccato originale*, quella di essere capaci di violenza.

– Meglio così, *Quantum(19)*. Durante la discussione della tua tesi la propensione alla guerra di quelle creature mi aveva veramente turbato. Ma adesso, senti... lasciamole perdere e concentriamoci su di noi. Abbiamo già un bel pubblico. Credo che possiamo cominciare.

– Sono d'accordo, tesoro. Adesso tocca a noi due e a nessun altro.

La femmina e il maschio si concentrarono per aumentare ciascuno il proprio livello di energia interno, fino al massimo. Poi le due forme di pura energia, iper-ellissoidi perfetti, allungati su tre dei nove assi, si allinearono e si avvicinarono pian piano fino a *toccarsi*, esattamente nel punto estremo del rispettivo asse più corto.

Un padre premuroso nella platea spiegava quello che stava succedendo ai figli piccoli, che assistevano al loro primo accoppiamento: – Ecco, *Quanta^{2350}e^{11}(64)* e *Quantum^{2350}e^{11}(63)*, sta iniziando la fusione tra i due amanti: da questo momento non riusciranno più a sentirsi come due esseri distinti. Ecco, vedete, quella che ormai è una forma unica si sta gradatamente modificando, fino a che sembrerà un/a Quantum/a unico/a, solo più grande e più potente.

– Oh! – espressero la loro meraviglia i due piccoli.

– Ma è bellissimo – disse *Quanta(64)*.

– Ma è fortissimo – ribatté *Quantum(63)*.

– Adesso hanno raggiunto la conformazione definitiva e resteranno in quello stato per un bel po'. Si vede che si amano tanto, hanno composto una figura molto energetica.

Passato un lungo periodo di staticità perfetta, a un certo punto la figura prese a deformarsi lentamente.

– Ci siamo, bambini, è iniziato il processo di separazione... ancora un po'... ecco, adesso si sono staccati e sono tornati a essere due individui distinti. Saranno molto stanchi: hanno consumato una grande quantità di energia, non tanta però come se fosse stato un accoppiamento riproduttivo.

Gli spettatori, entusiasti, inviarono caldi messaggi di plauso ai due amanti.

Quanta(332), felice, disse a *Quantum(19)*: – È stato travolgente, io ero te e tu eri me, eravamo una cosa sola, per davvero. Non avrei mai creduto che l'accoppiamento fosse così straordinariamente piacevole.

– Piacevole, splendido, stupendo... ti amo, *Quanta(332)*.

– Anch'io ti amo tanto, *Quantum(19)*.

A Scuola di Universi
in pittura

Il quadro intitolato *A scuola di univer-si*, riportato in quarta di copertina, è ispirato all'omonimo testo di Cosimo La Gioia e, proprio come il racconto, il dipinto sfida le leggi della fisica e dell'astrofisica ipotizzando, attraverso la tesi del protagonista, un universo a più livelli per poi arrivare al concetto di multiverso. Sono molti gli elementi trattati in maniera prettamente scientifica dall'autore, ma nella mia rappresentazione artistica ho voluto considerarne solo alcuni. Di particolare interesse ho trovato l'equilibrio fra bene e male, le forze fondamentali che regolano l'universo e infine l'allusione a un concetto quiescente.

Nel dipinto si rimanda a un elemento del racconto molto interessante che sembra governare questa realtà dalla base: l'equilibrio fra bene e male, che non solo sembra reggersi su un piano prettamente scientifico ma trova la sua ragione di esistere anche su un piano etico, visto che il protagonista sembra ammettere e accettare il male in quanto forza necessaria al bene per manifestarsi e definirsi all'interno di un viaggio in continua espansione. Questo concetto è presente su tutta la superficie del quadro e viene rappresentato da una certa armonia e dall'energia, invisibile, che tiene uniti i pianeti, compreso quello di un blu meraviglioso, folgorante e pieno di vita, dove il blu suggerisce la presenza di acqua con diverse forme viventi e allo stesso tempo ha un significato più teorico. Il blu è il colore del pensiero, della riflessione imperturbabile, dunque oltre ad esserci vita c'è fermento.

In maniera più concreta l'ipotesi di un universo a più livelli descritto nel racconto è avvincente poiché si basa sul presupposto che siano presenti le quattro forze fondamentali che limitano e definiscono il campo empirico solamente al primo livello, mentre altre sono le forze che agiscono ai livelli superiori.

Nel dipinto ho preferito dare risalto solo a due delle quattro forze menzionate dall'autore: in primo luogo, l'interazione forte, poiché è osservabile partendo dai quark e contiene una potente carica cromatica utile a dare uno sfondo variopinto al quadro. Con tutte le sue sfumature, questo sfondo rappresenta la realtà variegata e graduale nella quale viviamo. Inoltre, alle nuances dell'interazione forte ho voluto associare l'ipotesi che gli abitanti della realtà di livello superiore abbiano un modo tutto particolare di percepire la realtà. È come se questi esseri fossero condizionati da filtri diversi per interpretare la realtà circostante, ma per poter percepire il mondo attorno a loro hanno sviluppato e potenziato altre qualità come l'intuizione, quello che noi definiremmo sesto senso.

In secondo luogo, ho dato risalto alla forza di gravità, che viene considerata una forza debole ma è una delle forze più importanti anche nell'ambito della filosofia della fisica perché permette di determinare la relatività del tempo. Se oggi riusciamo a concepire il tempo non come dimensione assoluta è grazie alle intuizioni di Einstein, la cui teoria della relatività pone il tempo in relazione a spazio e forza di gravità. Quest'ultima deforma spazio e tempo, è la forza che regola anche la nostra vita sia su un piano fisico sia su un piano energetico, etereo.

Nel dipinto si vede chiaramente la fusione di due corpi, alla cui base troviamo due principi fondamentali: l'aspetto cromatico della fusione forte, in quanto c'è analogia fra i colori e le frequenze; e la forza di gravità, che richiama i corpi fino a far subire loro l'effetto dell'attrazione gravitazionale ma solo su un piano artistico-filosofico. La forza di gravità anticipa e sottintende il concetto di *entanglement*, che non viene trattato direttamente dall'autore nel racconto ma è piuttosto un concetto latente.

Il fenomeno dell'*entanglement* si riferisce alla dinamica di due particelle che erano connesse perché parte di uno stesso corpo e a partire da un preciso momento si allontanano pur mantenendo un legame energetico, una sorta di attrazione anche a distanze immense. Dunque più che stabilire un legame indissolubile dopo il primo fatidico incontro, i corpi si attraggono perché all'origine erano componenti di una stessa materia. Più che un trovarsi si tratta di un ritrovarsi, il conoscersi è un riconoscersi. Questo spiegherebbe i presupposti dell'innamoramento anche all'interno del nostro universo: percezione alterata della realtà e dello spazio da una parte; e percezione relativa, soggettiva del tempo dall'altra; infine, una sensazione di familiarità, con l'impressione di essere tornati a casa.

Altri elementi cromatici del quadro denotano una concentrazione di toni caldi da una parte, soprattutto attorno ai pianeti più vicini al Sole, per poi diventare più freddi ma non per questo meno sgargianti. Questo accade nell'area dell'universo più lontana dal Sole dove si può intravedere una scia argentea, come se fosse la Via Lattea o semplicemente polvere di stelle. Tutte le sfumature riportano all'idea che ci sia una forza invisibile capace di riempire lo spazio nonostante la materia sia quasi inesistente. Sarà forse questa energia la legge che regola l'universo? Per tutta la durata del racconto si ha la sensazione che le leggi fisiche, fra l'altro fondate e suffragate dall'evidenza scientifica, vadano affiancate da principi etici. È come se l'autore volesse riempire di significato etico lo spazio inteso da una parte come universo e dall'altra come vuoto. In fondo cosmo significa ordine, bellezza, quell'armonia che unisce etica e conoscenza.

Samantha D'Angelo

A Scuola di Universi
in musica

- *Route 666*

Route 666 è un brano per pianoforte solo composto nel 2016, e pubblicato nell'album *Rachmaninoff was a punk rocker* (Il Costruttore, 2019), di cui esistono quattro versioni, più o meno aperte a momenti di improvvisazione. Il titolo *Route 666* è una citazione della famosa strada americana Route 66 che porta in California dal Midwest, icona del viaggio e della frontiera: il 666, allusione ironica al numero della bestia, è legata allo stile del brano. Il tema infatti, puramente "classico" e quasi accademico (una frase in *do* minore su ritmi puntati) è curiosamente swingato come nei vecchi blues e anche alcune trovate armoniche sono "quasi blues". Questa contaminazione della tradizione classica con "la musica del Diavolo" ha fatto nascere *Route 666*. Il brano è l'istantanea di un viaggio la cui essenza è data dal suo svolgimento e non dalla sua destinazione. Un flusso di coscienza fondamentalmente in divenire: l'idea di viaggio assume qui infatti caratteristiche di ideale e sconfinata riflessione sul nostro ruolo nell'ordine universale e sul senso cosmico della vita. A suo modo *Route 666*, con la sua miscela di sensazioni epiche e notturne, e la sua *gravitas* spaesata, è uno sguardo sul cosmo e i suoi misteri. La stessa allusione luciferina del titolo svela una tensione che anima tutto il brano: come è possibile l'esistenza del male nell'infinità grandiosa del creato? Domande che restano volutamente senza risposta. Forse l'arte stessa è la risposta. Forse il grado di libertà assoluta che determina il fare artistico è la risposta. Il viaggio di *Route 666* non è quindi una discesa agli inferi, ma al contrario il tentativo, forse il sogno, di una ascesa alla luce per contrastare la nostra fallace condizione di partenza. Un attestato di fiducia nel potere liberatorio dell'arte. E della ragione.

Alessandro Tabacchi

Il brano è disponibile su Spotify e,
in una versione differente, su Youtube:

Spotify   *Youtube*

- *Multiverse*

Il brano *Multiverse*, composto da Alessandro Colombo, è direttamente ispirato al racconto *A scuola di universi*. Qui sotto viene riportato il testo della canzone.

* * *

Welcome to this journey
beyond the Moon and Mars
Surfing through the space-time
till the distant stars

Here the expanding galaxies
echo the Big Bang
Dance with quantic energy
two packs of charming quarks

> *But trapped inside a black hole*
> *Beats a wounded heart*
> *if locked in this dimension*
> *Shall jump to a level higher*

> *Where love // is a fusion*
> *Where dreams // are no illusion*
> *Cosmic joy in the multiverse*
> *Then back to planet blue*

Now I see this journey
From Ego to the stars
It´s time to re-descover
the beauty of a loving heart

[Harmonics]

Conscious of this journey
Through the wonders of the sky
You saw your creators
and sunlight in the dark,
You met your creators
and the sunlight... and sunlight...
sunlight in the dark.

Alessandro Colombo

Glossario

Big Bang: grande evento primordiale (la metafora molto usata dell'esplosione è impropria) dal quale l'Universo si è formato a partire da uno stato iniziale con valori elevatissimi di densità e temperatura, detto singolarità iniziale. È la teoria sull'origine dell'Universo comunemente accettata da diversi decenni nella comunità scientifica. In base alle osservazioni e calcoli più recenti, sarebbe avvenuto circa 13,8 miliardi di anni fa. Il Big Bang è in grado di spiegare l'espansione dell'Universo e la radiazione cosmica di fondo di circa 2,7 gradi Kelvin (sopra lo zero assoluto).

Fasi di evoluzione dell'Universo: i cosmologi suddividono la storia dell'Universo in nove ere (o un numero vicino a seconda delle convenzioni), la cui durata varia da frazioni infinitesimali di secondo a miliardi di anni.

Nell'*Era di Planck,* le quattro forze fondamentali della natura sono unificate; nessuna delle teorie fisiche attuali può descrivere le condizioni in questa fase.

Nell'*Era della grande unificazione*, 10^{-43} s dopo il Big Bang, la gravità è separata dalle altre tre forze, unite in una sola *superforza*.

Nell'*Era dell'inflazione*, 10^{-35} s dopo il Big Bang, l'Universo si espande a una velocità elevatissima.

Nelle tre fasi successive, che durano fino a un tempo di 100 secondi, il diametro dell'Universo cresce da circa 10 metri fino a più di 1000 miliardi di chilometri e la temperatura scende a circa 1 miliardo di gradi. In queste tre fasi si separano tutte le quattro forze fondamentali e si formano i primi mattoni della materia, tra i quali i quark, i protoni, i neutroni e gli elettroni.

Nell'Era della *nucleosintesi*, l'energia si è abbassata al punto da permettere la formazione dei primi nuclei atomici di idrogeno e di elio, con tracce di litio.

L'Era dell'*opacità* dura fino a circa 380.000 anni dal Big Bang. I fotoni e quindi la radiazione elettromagnetica non possono ancora circolare liberamente, per cui l'Universo è *opaco*. La materia è nello stato di plasma, tipico degli ambienti stellari, e continua a espandersi e raffreddarsi.

Nell'Era della *materia*, la temperatura è sufficientemente bassa da permettere agli elettroni di combinarsi con i nuclei di idrogeno ed elio e formare gli atomi. Questi interagiscono molto debolmente con la radiazione presente che si disaccoppia dalla materia. L'Universo diventa trasparente alla sua propria radiazione, che è libera di muoversi e va a formare la radiazione cosmica di fondo. L'Era della materia dura fino ai giorni nostri e si può suddividere in più epoche e avvenimenti salienti:

- Era *oscura*: l'Universo è un luogo estremamente buio, non essendoci alcuna stella.
- Nascita delle prime stelle: circa 200 milioni di anni dopo il Big Bang, si formarono le prime stelle, di dimensioni molto più massicce rispetto a quelle attuali. Successivamente si formarono le prime galassie, al cui interno vi erano i *quasar*, ovvero buchi neri giganteschi.

- *Reionizzazione*: l'Universo torna a essere quasi completamente ionizzato, cioè sotto forma di plasma, a causa della poderosa quantità di radiazione emessa dalle suddette stelle giganti. La fase di reionizzazione è accompagnata da un forte aumento dell'opacità: l'Universo torna dunque a essere quasi completamente opaco. Questa fase dura fino a circa un miliardo di anni dopo il Big Bang.
- Era dell'*accelerazione*: circa 7 miliardi di anni dopo il Big Bang, il tasso di espansione dell'Universo comincia a accelerare, a causa dell'*energia oscura*, che funziona come un'antigravità. L'accelerazione dell'espansione dura fino ai giorni nostri.
- In tempi abbastanza recenti rispetto alla sua età di 13,8 miliardi di anni, l'Universo assume la sua forma matura dal punto di vista strutturale, sebbene in continua evoluzione.

Estensione dell'Universo: in base alle osservazioni e calcoli più recenti, la parte osservabile dell'universo avrebbe un diametro di circa 93 miliardi di anni luce, ovvero quasi 900.000 miliardi di miliardi di km.

Energia oscura: di natura ignota, è responsabile dell'accelerazione dell'espansione dell'Universo, da quando, circa 7 miliardi di anni dopo il Big Bang, la densità della materia scese al di sotto di una certa soglia. La scoperta di questo fenomeno sorprendente e attualmente non spiegabile risale alla fine del secolo scorso. L'energia oscura costituisce circa il 68% della massa-energia dell'Universo, la materia oscura circa il 27% e la materia ordinaria, di cui sono costituiti gli esseri viventi, i pianeti e le stelle, solo il 5% circa.

Materia oscura: costituisce la parte preponderante della materia dell'Universo. Non interagisce con la materia ordinaria, a parte rarissime eccezioni, e la sua natura non è stata ancora scoperta, sebbene vi siano alcune ipotesi. Sappiamo della sua esistenza per gli effetti gravitazionali che esercita sulla materia ordinaria. Uno degli esperimenti più promettenti per rilevarla è installato in un laboratorio sotto la montagna del Gran Sasso.

Relazione tra materia ed energia: la materia contiene al suo interno energia, che può sprigionare in determinate condizioni. Allo stesso modo l'energia può trasformarsi in materia. La famosa formula determinata da Albert Einstein $E = mc^2$ stabilisce la relazione tra l'energia e la massa di un sistema fisico. E indica l'energia totale di un corpo, m la sua massa e c la velocità della luce nel vuoto. Poiché c^2 è un numero molto grande, la trasformazione di una massa anche molto piccola di materia determina la produzione di una quantità enorme di energia, come avviene, per esempio, nelle reazioni di fusione e di fissione nucleari.

Quattro forze fondamentali della fisica: sono l'interazione (o forza) nucleare forte, l'interazione nucleare debole, la forza elettromagnetica e la forza di gravità.

Interazione nucleare forte: la maggiore delle quattro forze fondamentali, tiene uniti i quark, costituenti elementari dei neutroni e dei protoni, e anche questi ultimi all'interno del nucleo atomico.

Interazione nucleare debole: agisce anch'essa all'interno dei nuclei atomici, come l'interazione nucleare forte, ed è responsabile dei decadimenti radioattivi, ovvero della radioattività.

Forza elettromagnetica: l'interazione elettromagnetica è responsabile delle proprietà chimiche degli atomi e della struttura delle molecole. La carica elettrica determina l'intensità e il verso dell'interazione fra corpi carichi: corpi con cariche elettriche concordi si respingono, mentre corpi con cariche elettriche discordi si attraggono. Il suo mediatore è il fotone e la sua intensità decade con il quadrato della distanza.

Forza di gravità: la più debole delle quattro forze fondamentali, è solo attrattiva ed è direttamente proporzionale alla massa. Anch'essa, come la forza elettromagnetica, decade con il quadrato della distanza fra due corpi. La descrizione più completa della gravità come espressione della geometria dello spazio-tempo è la teoria della *relatività generale* di Albert Einstein, che ha soppiantato la legge della *gravitazione universale* di Isaac Newton, la quale funziona tuttavia bene a velocità non relativistiche (ovvero molto inferiori alla velocità della luce), come quelle dei moti di stelle, pianeti e galassie.

Fisica (o meccanica) quantistica: descrive i fenomeni che avvengono a livello atomico e subatomico, per i quali la meccanica classica (o newtoniana) è del tutto inadeguata. Nella vita di tutti i giorni, quindi su scala macroscopica rispetto agli atomi, non si vedono bizzarri effetti quantistici. Persino Einstein trovava la meccanica quantistica strana, e disse rivolto all'amico fisico Niels Bohr: «Dio non gioca a dadi con l'Universo».

I principi chiave della meccanica quantistica sono:

1. La *quantizzazione della radiazione elettromagnetica*, che ha come vettore il fotone, con conseguente abbandono della "continuità" tipica della meccanica classica.

2. Il *dualismo onda-particella*, secondo il quale la natura della materia e della radiazione non deve essere pensata solo in termini esclusivi o di un'onda o di una particella, ma le due entità sono invece al tempo stesso sia un'onda sia una particella.

3. Il *concetto di misura*, secondo il quale
   è impossibile conoscere lo stato di una
   particella senza perturbarlo in maniera
   irreversibile.
4. Il *principio di indeterminazione* di Hei-
   senberg: alcune coppie di quantità fisiche,
   come velocità e posizione, non possono
   essere misurate entrambe contemporaneamente con precisione arbitraria. In
   altre parole, misurare la posizione di una
   particella provoca una perturbazione im-
   prevedibile sulla sua velocità e viceversa.

Multiverso: è un'ipotesi della fisica teorica che postula l'esistenza di universi coesi-
stenti fuori dal nostro spazio-tempo. Molti
scienziati non la considerano come una teoria scientifica vera e propria, quanto piuttosto una questione filosofica o ai confini della
scienza. Quanto al termine stesso, fu coniato
nel 1895 dal filosofo e psicologo americano
William James.

Teoria delle stringhe: è una teoria nella quale le particelle di base della realtà sono
oggetti uno-dimensionali chiamati *stringhe*.
La teoria descrive come le stringhe si propa-

gano nello spazio e nel tempo e come interagiscono tra di loro. Poiché potenzialmente offre una descrizione della gravità unificata con la fisica delle particelle, la teoria delle stringhe è una candidata per la *teoria del tutto*, che è il Sacro Graal dei fisici teorici, perché sarebbe un modello matematico in grado di descrivere tutte le interazioni fondamentali e le forme della materia.

Teoria delle bolle o dell'inflazione caotica: è la teoria del multiverso più accreditata, e prevede la creazione di universi da una *schiuma quantistica* di un *universo genitore*. Ogni universo può nascere da una fluttuazione quantistica di energia e poi espandersi.

Universo a energia totale nulla: è una teoria cosmologica fondata sull'ipotesi che l'energia totale dell'Universo sia esattamente zero. L'energia positiva dovuta alla materia sarebbe infatti cancellata esattamente dall'energia negativa gravitazionale.

Tale ipotesi consente di concepire che l'intero Universo sia emerso da una particolare fluttuazione del *vuoto quantistico*, caratte-

rizzata da una condizione di zero energia che
si sarebbe mantenuta nell'Universo attuale.

87

Progetto multimediale MIAMA
Per una fruizione completa
della creazione artistico-letteraria

L'idea fondante del progetto MIAMA (Movimento Internazionale Autori Musicisti Artisti) è nata a Monaco di Baviera in occasione della collaborazione fra Cosimo La Gioia e Samantha D'Angelo per la stesura del libro L'ascensore e altri racconti, con l'intento di rendere la fruizione dell'opera più intensa, quasi una sorta di esperienza multimediale e multisensoriale.

L'artista entra in scena per completare e arricchire l'opera letteraria con illustrazioni o quadri ispirati al testo.

È vero che esistono da lungo tempo libri illustrati o quadri ispirati a un'opera letteraria, tuttavia l'elemento di novità sta nel tipo di messaggio selezionato dall'artista che, il più delle volte, non corrisponde al messaggio predominante del libro ma a un messaggio marginale, molto soggettivo; in secondo luogo l'artista stesso accompagna questa creazione visiva con un breve testo al fine di integrarne l'immagine e supportarne la scelta artistica. L'intenzione è poi quella di estendere l'esperimento anche alla musica, con composizioni basate sui testi e sulle illustrazioni.

Si potrebbe quasi affermare che un libro ha tante interpretazioni quanti sono i suoi lettori: ogni lettore lo fa proprio, si identifica con questo o quel personaggio, oppure coglie un particolare messaggio che a volte neanche l'autore è consapevole di aver trasmesso al proprio pubblico. L'artista subentra come un qualsiasi altro lettore e cerca principalmente di dare una personale interpretazione al testo mettendo in evidenza uno o più messaggi presenti nell'opera.

Quando ho tentato di tradurre in immagini quanto letto nei racconti di Cosimo La Gioia, mi sono distaccata da una critica tipica e strutturata che seguisse i criteri letterari canonici e ho preferito captare alcuni particolari dei racconti che trasparissero dalla narrazione. Per questo motivo, nel caso dei racconti sopracitati, ho ritenuto opportuno rendere l'idea di una realtà simulata dalla quale tutti sentiamo il bisogno di uscire a un certo punto della nostra vita e ho tentato di tradurla in immagini visive. Principalmente mi sono lasciata guidare dalla sensazione di un diffuso disagio di vivere, elemento comune a quasi tutti i racconti, dall'idea di una realtà che oltre a tenere i lettori incollati al libro susciti angoscia perché facilmente ci permette di identificarci con essa. Prendendo questo esempio come spunto, risulta chiaro che il compito dell'artista sarà, come nel caso dei racconti di La Gioia, quello di esprimere quel disagio di stare al mondo e far sì che gli osservatori si possano identificare con un quadro come con un racconto.

Più in generale l'artista ha molte possibilità: potrebbe prima inquadrare l'autore e prendere spunto da quella che pare essere la sua corrente di appartenenza, oppure lasciarsi ispirare dalla trama, con risvolti ironici o drammatici, o anche da morale e contenuti. Quando si conclude la lettura di un libro, oltre alle tante considerazioni di tipo contenutistico, è anche lo stile narrativo a tenere vivo l'interesse del lettore e a trasmettere delle forti emozioni. A sua volta, l'artista può trarre degli spunti di riflessione da una tale esperienza avvincente, soprattutto se il romanzo o racconto è intriso di colpi di scena e rievocazioni calzanti basate sull'analessi, e userà a sua volta le tecniche pittoriche più adatte a rendere l'idea di questi ritmi spesso spasmodici.

In occasione del mio prossimo progetto con La Gioia, mi troverò a illustrare un romanzo dal titolo (provvisorio) Il rifugio poetico, basato sulla poesia, in cui i drammi del protagonista trovano sfogo e rifugio nella poesia, proprio come accadeva ai grandi eroi della letteratura romantica e neoclassica: alcuni esponenti di questa fase storico letteraria riuscirono non solo a rifugiarsi nella magia dei versi ma tramite essi superarono l'istinto suicida. Dovrò dunque creare una o più opere per tradurre in immagini ciò che i grandi poeti hanno raffigurato con le parole, nelle quali molti di noi si sono identificati almeno una volta nella vita.

Letteratura e arte unite per interpretare il mondo, cogliere svariati aspetti di una realtà complessa, decifrarne i messaggi in codice, immergersi nel significato più profondo per trascenderlo. Letteratura come poesia della vita, con le sue metafore e il suo simbolismo tutto da interpretare che manifesta la complessità del mondo, come se l'esistenza fosse composta da svariati strati, i cui messaggi vengono emanati a più livelli. Spetta poi all'arte cogliere anche un messaggio recondito, a volte di tipo spirituale a volte di tipo esoterico, e quindi esprimerlo in contrasti, prospettive, luci e ombre. Tradurre in quadro un testo pieno di pathos è una vera sfida: la passione di un autore si manifesta spesso nella solitudine di un animo sensibile e si esprime in immagini astratte che lasciano spazio alla libera interpretazione proprio come i versi di una poesia, che hanno un senso solo se il lettore li fa propri e si immedesima in essi, dove l'astrattismo significa libertà di essere se stessi. Questo è vero nelle opere di La Gioia che io ho definito esistenzialista, interprete di un neo-romanticismo nel quale i personaggi si perdono alla ricerca dell'indefinitezza che permette loro di sfuggire a un mondo dominato dalle etichette.

L'esperienza artistico letteraria si potrebbe arricchire di mistero con l'introduzione di una disciplina ulteriore quale la musica. Per gli esperti di note e di melodie, libri e quadri trasmettono emozioni che facilmente si possono trasformare in sequenze in modo che la ricezione sia più intensa e completa perché coinvolgente diversi aspetti sensoriali.

In futuro il gruppo MIAMA si darebbe lo scopo di coinvolgere altri autori, artisti e compositori al fine di ampliare lo scopo della cooperazione e arricchire la fruizione con nuovi stimoli per un pubblico curioso, aperto alle nuove esperienze e soprattutto capace di reinterpretare e far propri gli impulsi offerti dalle varie discipline coinvolte nel progetto, servendosi dei più svariati mezzi di diffusione per raggiungere una platea sempre più estesa. Idealmente un progetto verrebbe infine arricchito anche da una riduzione cinematografica dell'opera letteraria.

Samantha D'Angelo

L'ASCENSORE

E *Altri Racconti*

COSIMO LA GIOIA

Autore
Cosimo La Gioia

Anno
2021

Pagine
160

Prezzo
€ 15,00

Formato
14 x 22 cm

ISBN
9788831340335

Nelle storie di *L'ascensore e altri racconti* si riflette la ricerca della verità condotta dall'autore, attraverso vicende emblematiche caratterizzate dall'esplorazione del limite e dal gusto per il paradossale.

Il lettore si trova immerso in storie dal sapore quotidiano che – rivissute in una prospettiva nuova e insolita – inducono alla riflessione sugli aspetti più controversi della modernità.

Per questo i racconti spaziano da storie di vita aziendale ad altre di ambito familiare, passando per una giornata carica d'angoscia in seguito a un'informazione incompleta e per le sfide di velocità dei "gladiatori della strada": pronti a tutto pur di assaporare una sensazione estrema – ma quanto reale? – di libertà.

Il risultato è uno spaccato della varia umanità che vive i suoi problemi e le sue contraddizioni, in giro per il mondo. A Milano come a Monaco di Baviera, a Trieste come a Chicago, a Stoccarda come in Sicilia, dalla vetta dell'Etna, l'umanità sembra vivere le stesse angosce e gli stessi interrogativi ai quali non pare però possibile dare una risposta univoca.

SCOPRI IL
NUOVO CATALOGO

IN CUI É POSSIBILE TROVARE TUTTE LE NOSTRE PUBBLICAZIONI
DI STORIA DEL MEZZOGIORNO, DI NARRATIVA E POESIA

SCANSIONA ORA IL CODICE QR

www.ingramcontent.com/pod-product-compliance
Lightning Source LLC
LaVergne TN
LVHW091610170726
843492LV00007B/2337